رواية

رواق الورد

وردروز

أميرة الورد

د. جُمان الريحاني

إهداء ..

إهداء إلى كل من يحب الورد وبكل ألوانه وأنواعه

إهداء إلى كل القلوب التي عرفت الحب والى كل القلوب التي ستعرف الحب يوما

إلى الحب الخالد

إلى الحب الأبدي

إلى الحب الحقيقي

جمان الريحاني

بداية لحياة غير متوقعة

كان هناك شاب يعيش في بيت سيدة،
ويعمل لديها كبستاني، ولكنّها تعامله كأنه أحد
أفراد العائلة.

قضى الشاب ثمانية عشر سنة وهو يزرع الورد ليس
لأن زراعة الورد تتطلب ذلك، بل لأنه كان لديه هدف
معين وليس فقط زراعة شجرة ورد.

ذلك الشاب كان قويّ البنية ضعيف التفكير، ولكن مُجِدٌّ في عمله يعمل بلا كلل ولا ملل، وذلك منذ أن كان يعمل مع والده الذي علمه كل شيء وقد كان يحبه ويرعاه، ولا يرى بأنه يختلف عن أقرانه بل بالعكس كان والده يرى بأنه يحب مهنته التي هو يحبها بدوره.

فمهنة البستاني ليست كأي مهنة في العالم بل إنها ألطف وأرقى، حيث يتعامل البستاني مع الحياة، فكلما يحيط به من نباتات ينبض بالحياة، وما عليه إلا أن يعتني بها لكي تبقى على قيد الحياة وهي لا تتطلب من راعيها الكثير، فقط بعض الماء والهواء وضياء الشمس، وأحيانا منها ما لا تحب الشمس.

وإذا مرضت النباتات فإنها تصبح عاجزة عن الدفاع عن نفسها في مواجهة الحشرات المقتحمة لحياتها، فتنتظر أن يساعدها البستاني الذي إن غفل عنها قد تفقد حياتها، وقد تقاوم، يختلف الأمر باختلاف النباتات.

وعندما تكون النباتات سعيدة، فإنها تظهر ذلك وتكبر وتتفرع وتفتح اذرها للحياة وهي مقبلة على الحياة.

فتعطي منظرا جميلا ورائعا، جميلة حقا وتمتع من يرعاها وأيضا من تعيش بالقرب منه.

النباتات هي مخلوقات معطاء ولا تتطلب الكثير.

الشاب ابن بستاني وقد توفي والده منذ أكثر من عشرة سنوات.

لم يدرس الشاب ولم يدخل جامعات ولا معاهد لأن والده لم يكن يمتلك المال الكافي، لكي يدخله مدرسة محترمة

وهكذا علمه والده كلما يعلمه عن النباتات لكن الشاب، وهو طفل صغير كان يميل للورد عن غيره من النباتات، بينما الأب يعرف الكثير في مجال النبات.

لم يكن الطفل يهتم إلا بالورد وزراعته، ولا يحب باقي الأمور من أسباب موته أو ذبوله أو حتى تساقط أوراقه

وأيضا الأمراض التي تصيب الأشجار والحشرات المؤذية التي تأكله.

ولكنه كان يحب زراعة وكيف ينمو أمام عينيه.

كان يقول بأن الورد لا يحتاج لأجل الحياة إلا للحب

الورد يغرس بالحب

الورد يسقى بالحب

الورد ينمو بالحب

الورد يعيش بالحب

ويمد الحب والجمال

الورد يمد الجمال والعبير

وبعد وفاة والده عمل في إحدى الحدائق لدى سيدة كبيرة في السن، ولكنه لم يكن ذكيا كفاية، بل كان متأخرا في الفهم والعقل قليلا، إلا انه كان يعمل بجد واجتهاد.

لم يكن عدم ذكائه أو تأخره العقلي يعيقه في عمله الذي كان يحبه ويتقنه كثيرا، يمكن القول بأن كان يفهم ويعي كلما كان يقوم به.

ولكنّه لم يكن مطيعا ويفعل فقط ما يروقه.

كانت السيدة العجوز مقعدة ولكنها تحب حديقتها التي في بيتها وقد كانت تخرجها الممرضة إلى الحديقة لكي تقرأ بعض الروايات وتستمع بالجوّ.

فقد كانت تقول:

الحياة تسمح لنا بان ندرك معناها مع الجمال والأدب.

لقد كانت تستمتع بألوان الورد والأزهار ورائحتها الذكية، وتطلب من الممرضة التي لا تفارقها طول الوقت بان تحضر لها كوب الشاي عصرا.

مرت السنوات والشاب يعمل في تلك الحديقة والعجوز تؤنبه وتقول له مرارا وتكرارا بأنه يخرب حديقتها،

ولكنها كانت تعلم في صميمها بأنه يقوم بأعمال لصالح الحديقة.

ولكن الأعمال كانت أحيانا مبالغا فيها.

لقد أخذ جزء من الحديقة وأعاد هندسته.

كان يضع أعمدة بشكل كتباعد عن بعضهما، ولكنها تشبه الأبواب أو بالأحرى شكل القوس.

ويضعها بمسافات تبعد بالتساوي عن بعضها البعض

استمر بذلك العمل لمدة طويلة من الزمن، ولأن والدته وعدت والده الذي كان مشرفا على حديقتها بان تعتني به بعد وفاتها لم تكن تكثر لومه وكانت تتركه يفعل ما يريد شرط أن لا يجعلها تغضب منه كثيرا وان لا يدمر الحديقة.

رغم أنها كانت خائفة من انه سوف يفعل ذلك عاجلا أم آجلا.

كانت تكلم الممرضة وتقول لها:

أنا خائفة أن اندم على صبري عليه.

سوف يدمر الحديقة يوما

أخاف من أن يفعل ذلك

الممرضة:

لا أظن انه قد يفعل أمرا سيئا

السيدة:

بلى، بلى أظن انه سيفعل

الممرضة:

سيّدي هو هنا منذ سنوات عديدة ولم يفعل أمرا يزعجك

السيدة:

أجل أنا اعلم ذلك

وضحكت

الممرضة:

هل تعلمين يا سيدتي أمرا؟

السيدة:

وما هو؟

الممرضة:

هل تعلمين بأننا نجري هذا الحوار منذ سنوات،
ونتوصل إلى نفس النتيجة.

السيدة:

أجل اعلم ذلك

الممرضة:

والبستاني لا يؤذيك ولا يؤذي الحديقة

السيدة:

ولكننا نناقش الأمر تكرارا

الممرضة:

وأنت تحبين ذلك البستاني

السيدة:

أجل أحبه ولا أتخيل الحديقة بدونه، كما أنني لم أكن
لأمتلك حديقة بدون والده.

حياة جديدة ومغامرات جديدة

وبعد وفاة السيدة أوصت بأن يتم دفن جثتها في بيتها داخل الحديقة، وأوصت بان يظل البستاني هو نفسه وبان لا يتم طرده وإلا فان الوصية تصبح باطلة، وتنتقل الأملاك إليه هو نفسه.

لقد حزن البستاني عن السيدة كثيرا وأصبح حالته سيئة وكأنه فقد والدته أو أحد والديه، ولكنه لم يتوقف عن عمله الذي كان يقوم به.

بعد مرور عدّة أسابيع من وفاتها جاء ابن أخيها الذي كان يعيش في استراليا، لكي يستلم ميراثه رغم انه لم يحضر الجنازة

لقد كان دانيال شابا في مقتبل العمر وعازبا، شابها متوسط الطول وبشرته لم تكن بيضاء كثيرا، شعره بني وله عينان جميلة وله شعر ناعم لا هو بالقصير ولا بالطويل.

لم يكن دانيال غنيا في بلاده بل كان يعيش في شقة مستأجرة، كما انه لم يحضر الجنازة، لأنه كان يمتلك دراجة نارية ووقع له حادث ودخل المستشفى فتحطمت الدراجة وكسرت رجله.

لقد تضايق كثيرا لأنه لم يستطع حضور الجنازة، وقد تمنى حضورها كثيرا رغم انه لم يكن يعرف العمة بشكل شخصي، ولكنه كان العضو الوحيد المتبقي من عائلتها، وكان حضوره الجنازة كان ليكون تكريما لها.

وصل إلى البيت وهو يمشي بمساعدة عكّازة، وجد
بعض العمال في البيت والذين كانوا ينتظرون وصوله
لأنهم لا يعلمون إن كانوا سوف يستمرون في العمل
عند السيد الجديد.

لقد كان كل العمال يجهلون مصيرهم، إلا البستاني
الذي كان وجوده مرهونا بالوصية.

أما الممرضة والتي كانت ممرضة للسيدة وأيضا
مدبرة المنزل في نفس الوقت فقد انتهى عملها بوفاة
السيدة كممرضة لها، ولكنها رغم ذلك لازالت مدبرة
المنزل.

كان الوريث شابا في العقد الثالث من العمر، وكان
أيضا عاطلا على العمل فقد كان يشتغل في مكان للبناء
وعندما انقطع لمدة أسبوع بسبب الحادث الذي تعرض
له بدراجته النارية، تم فصله كما انه كان يدرس هندسة

ولكنه لم ينهِ دراسته لأن والده توفي ولم يجد كيف

يدفع المصاريف.

لقد وصل دانيال إلى بيت جميل وكبير، وفيه من الخدم أكثر من خادم لقد كانت عمته سيدة ثرية ولم يكن يعلم عنها شيئا.

كان يعرف بان لديه أقارب في بريطانيا، ولكن لأن والدته استرالية ووالده لم يكن على وفاق مع أخته هذه بسبب خلاف ما.

لقد أرادت في بداية حياتها أن تتزوج من رجل أجنبي، ولكن أخاها قد تدخل ورفض الأمر وهي تكبره سنا وبعد أن فرق بينها وبين حبيبها.

لقد كانت عائلتهم محافظة نوعا ما وكان والدها على فراش الموت ولكن والده قد وقف في وجه عمته وحرمها من حبيبها، وحرمها من الارتباط به والزواج.

كما انه قد اقنع كل أفراد العائلة بأن هذا الزواج غير مناسب وغير متكافئ.

كان يضع أمامها العديد من الخيارات لكي ترتبط برجل بريطاني، ولكنه لم يكن قد جرب الحب ولا مقتنعا بان المسألة هي مسألة قلب وليس فقط زواج.

في تلك الفترة من الزمان كان أخاها مقتنعا تماما بكل الكلام الذي كان يقوله لها.

ولكي لا تخسر عائلتها ووالدها الذي كان على فراش المرض، بل وكان الأطباء لا يريدونه أن يتعرض لأية ضغوطات فقررت أن تبتعد عن حبيبتها وان ترضى بالأمر الواقع.

لقد ابتعدت فعلا عن طريق حبيبها ولم تحاول الاتصال به وفاء لوعد قطعته على والدها، ولكنها في الحقيقة قد عاشت في حزن ومرارة وكانت تتألم كل يوم وتتحسر على فقدانها لحبيبها وعائلتها وأخاها وكل بسبب أحدهم جراء الفراق والآخر جراء الموت والأخر جراء الخصام، لقد عاشت في وحدة بين خدمها وموظفيها ولكن فقدانها لحبيبها كان الأعظم ألما بين البقية.

فهي لم تفقد حبيبها فقط بل فقدت معه كل أحلامها، حلم الزواج، وحلم الإنجاب، وحلم تكوين أسرة وأيضا حلم أن تعيش مع حبيبها وأن تسعد بجانبه.

لقد كانت لها أحلام كثيرة قد بنتها معه في أوقات كان الحب يجمعهما والحلم أيضا.

ولكن قراراته قد تغيرت فيما بعد، فبعد مرور سنوات كثيرة تزوج هو من فتاة استرالية لم تكن من بلادهم وهاجر إلى استراليا.

بينما بقيت العمة بدون زواج ولم تحب بعد حبيبها أبدا
وذلك بقرار اتخذته، ولم تكن لديها ابن نية في التراجع
عنه ولو ماتت بدون زواج أو إنجاب، ولو ماتت
وحيدة.

ولان أخاها قد فعل ما فعل قاطعته أخته ولم تكن على
صلة به، إلا أنها عاشت وحيدة كما أنها قد وعدت
والدها قبل وفاته بأنه لن تبحث عن ذلك الرجل بعد
رحيله ولن ترمي كلمة العائلة في التراب وقد وفت
بوعدها.

بينما عاش أخوها مع زوجته في استراليا، ولم يعد إلى
بريطانيا يوما، وبعد عدة سنوات توفيا معا في حادث
سير وتركا ابنا الوحيد وراءهما.

ذلك الابن لم يكن يعرف عمته لأنها كانت قد قاطعت والديها قبل ولادته، ولم تكن على صلة بهما، لم تكن تتواصل معهما ولا تكلمهما، ولكنها رغم القطيعة كانت تعرف أخبارهم من بعض الأصدقاء المشتركين.

وكانت تعرف بان أخاها قد رزق بطفل وأيضا كيف كانوا يعيشون، أما بالنسبة لآخاها فقد عاد ولكن بدون زوجته في وفاة والدتهم وحضر الجنازة إلا أن العمة لم تنظر في وجهه ولم تكلمه

اتصل بها عدة مرات بعد ذلك اللقاء، ولكنها كانت
ترفض التكلم معه

كما انه قد أراد أن يعتذر منها إلا أنها لم تكن في حالة
لتسامحه أو تغفر له.

فقد حرمها من حبيبها وأثار العائلة ضدها وأيضا جعل
والدها يأخذ عليها عهدا بان لا تبحث عن حبيبها بعد
وفاته هو.

وليس فقط هذا بل ما منعها منه قد فعله هو، وقف في
وجهها لكي لا تتزوج أجنبيا وتزوج هو بامرأة أجنبية،
وسافر إليها وعاش معها ولم يكن يسأل ولا يطمئن
حتى على والدته التي لم تكن موافقة على زواجه إلا
انه تزوج رغما عنها، ولم يحترم والديه ونسي كل
الكلام الذي كان يحاول أن يقنع به أخته.

لقد أعجب بذلك المستوى المعيشي الذي كانت تعيش
فيه عمته والذي أصبح له.

ولكنه كان ينظر إلى صورها في البيت ويتحسر فلو كان يعرفها بشكل شخصي، كان يلوم الزمن لأنه لم تكن لديه أية علاقة بعمة كهذه.

كانت عمته في صورها تبدو كسيدة نبيلة جميلة وراقية، وأيضا لا تشبه والدته، لقد كانت مثالا للسيدة البريطانية الأنيقة والراقية.

وقد شعر أيضا بالحب تجاهها وشعر بأنها كانت تحبه رغم بعد المسافة والبعد الاجتماعي والقطيعة والجفاء، وإلا لما كانت لتذكره في وصيتها ولا أن توصي له بكل ما كانت تملكه وبكل ما تركته لها جده وجدته.

لقد كان يتمنى لو انه تعرف عليها، وكان استغرابه على أن تركت له كل شيء رغم خلافها مع والديه مضاعفا لشعوره بأنه قد خسر التعرف عليها وخسر ودها ووجودها في حياته.

وبعد اطلاع دانيال على الرصيد الذي تركته له عمته وأيضا على ما يتقاضاه العمال وبعد أن نصحه

المحامي بأن لا يغير العمال لأنهم عمال أوفياء لعمته،
وكانوا في خدمها لسنوات طويلة منهم ما خدمها
لعشرين عاما وأكثر.

قرر دانيال أن يحتفظ كل موظف بوظيفته، وكل عامل
بعمله، وهذا ما جعل الموظفين والعمال يسعدون بما
فعله وبتصرفه النبيل هذا، وأيضا فرحوا كون السيد
الجديد كان شخصا طيبا مثل السيدة.

وهكذا أصبح للبيت سيد جديد وأصبح للممتلكات مالك
جديد وأصبح للموظفين والعمال رب عمل جديد.

العادات المتشابهة

أصبح دانيال يطلب من الممرضة التي رأى بأن وجودها كان مفيدا له في الحالة هذه فقد كانت لديها خلفية تمريض جيّدة ويمكنها أن تساعده في التشافي، أن يرافقه إلى الحديقة لأنه كان لديه صعوبة في المشي لوحده.

وأيضا كان يطلب كوبا من الشاي لكي يجلس في الحديقة ويستمتع بالجو والمنظر الجميل.

لم يكن دانيال يعلم بأن عمته قد كانت تفعل ما يفعله، بل كان يفعله بصفة عفوية لأنه كان يحب الحديقة وقد أعجب بها من أول مرة رآها فيها.

رغم انه كان يجعل عادات عمته إلا انه كان فيه شبه كبير منها، شبه في التصرفات وأيضا شبه في الشكل الخارجي، لقد كان يمتلك عينان عميقتان جميلتان تشبه إلى حد كبير عيون عمته الراحلة.

كان دانيال سعيدا جدا لأنه أصبح لديه بيت، بيت خاص له ملكه الخاص، وأصبح لديه ما لكثير يغطي كل حاجاته واحتياجاته، بل كان مال وفير لدرجة انه أصبح رب بيت ولديه عمال وموظفون هم من يقوم بدفع رواتبهم،

كان منبهرا كيف أن الدنيا تتغير بين حين وحين، وكيف ينتقل الإنسان من حال إلى حال، لقد أصبح لديه بيت ومال لم يكن يحلم بهما.

في يوم كان جالسا في الحديقة فأحضرت له الخادمة كوبين من الشاي، وبينما هو يستغرب وجود كوبين في الصينية وقبل أن تجيبه الخادمة على سؤاله الذي طرحه عليها حيث قال:

لمن الكوب الثاني؟

أنا طلبت كوب شاي ألا ترين أنني أجلس بمفردي

سمع صوتا آخر يأتي من خلفه وعندما التفت وجد الممرضة قادمة باتجاهه وهي تقول:

لقد سمحت لنفسي يا سيدي بان أتناول الشاي معك واجلس هنا معك لنتكلم.

الشاب:

طبعا، طبعا

تفضلي بالجلوس

الممرضة:

شكرا سيدي

الشاب:

لا تناديني سيدي بل ناديني باسمي

الممرضة:

لا يمكنني فعل ذلك

الشاب:

بلى يمكنك ويجب أن تفعلي ذلك

اعتبري هذا أمرا إن أردت

الممرضة:

حسنا شكرا لك

الشاب:

والآن اخبريني ما الذي تريدين أن تتكلمي عنه

الممرضة:

أردت أن أسالك عن كيف وجدت الحياة هنا

الشاب:

أنا سعيد هنا

لم يكن لدي بيت ولا عمل

لقد خسرت عملي بالحادث الذي تعرضت له

الممرضة:

آسفة لسماع ذلك

الشاب:

لا .. عليك

ليس خطؤك

الممرضة:

هل يعجبك المكان؟

الشاب:

كثيرا..

الممرضة:

وما رأيك بالعمال؟

الشاب:

يبدو أن عمتي قد اختارتهم بعناية، ولا يمكنني أن
اكونا فضل منها في هذا.

الممرضة:

نعم لقد كانت عمتك سيدة حكيمة

الشاب:

أجل.. أظن ذلك

الممرضة:

إذن هل تنوي الاستقرار هنا

لأنه لا يمكنك أن تبيع البيت وفقا لرغبة عمتك

الشاب:

في الحقيقية ليس لي مكان أخر الجأ إليه

الممرضة:

وماذا عن عائلتك في استراليا؟

الشاب:

لم تبق لي عائلة هناك بعد وفاة والدي

الممرضة:

إذن.. أنت وحيد تماما

الشاب:

نعم.. أنا كذلك

الممرضة:

سيدي هل تسمح لي بسؤال آخر؟

الشاب:

نعم.. تفضلي

يمكنك أن تسالي ما شئت

الممرضة:

ما تنوي فعله لمستقبلك؟

الشاب:

أنا حقا لا اعلم بعد

سوف أفكر في شيء ما بعد أن تشفى رجلي

الممرضة:

لا أظن أن ذلك سيأخذ وقتا طويلا أرى بان رجلك
تتحسن

الشاب:

آمل ذلك، لقد مللت من العُكّازة

وبعد برهة ساد الصمت فيها قال الشاب:

أريد أن أسألك عن أمر

فقالت الممرضة:

تفضل..

الشاب:

ما قصة ذلك الرجل؟ وهو يشير إلى البستاني

الممرضة:

أنت تقصد البستاني

إنه رجل طيب ولا يفهم في الحياة إلا عمله

الشاب:

من هو؟

الممرضة:

والده كان البستاني الذي أقام هذه الحديقة للسيدة وكانت تحبها كثيرا، وبعد وفاته قررت أن تعتني به خاصة وأنه ليس له احد في هذه الدنيا مثلك.

الشاب:

وما الذي يقوم به؟

الممرضة:

لا.. ادري؟

الشاب:

ماذا تقصدين؟

الممرضة:

هذا مشروعه الخاص.

منذ سنوات وهو يقوم بهذا العمل، ونحن لا نعلم ما الذي يفعله.

الشاب:

هل حقا تقصدين ما تقولين؟

الممرضة:

السيدة لا تحاسبه على شيء وتتركه يفعل ما يشاء،

ولكننا نعلم جيدا بأنه لا يفعل شيئا يضر بأحد.

الشاب:

أليس يخرب الحديقة؟

الممرضة:

لا.. أظن ذلك

لطالما كان يفعل أشياء تبدو فوضوية ولكننا نتفاجأ في النهاية.

هذه طريقة عمله.

الشاب:

حسنا بما أن العمة كانت تثق به فنحن يجب أن نثق به أيضا.

وبما أنه لم تكن تمنعه من شيء فنحن أيضا لن نفعل فليفعل ما يحلو له فهذا البيت هو بيته هو أيضا وبيت كل العاملين هنا.

الممرضة:

شكرا يا سيدي أنت طيب مثل العمة تماما

الشاب:

سيدي مرة أخري سوف اغضب هذه المرة

الممرضة:

لا تغضب لن أعيدها، أعدك.

وضحكا معا

في تلك اللحظة كان البستاني قريبا منهم وسمع ما قاله السيد دانيال عنه

لقد تأثر كثيرا بتلك الجملة

"فليفعل ما يحلو له فهذا البيت هو بيته هو أيضا"

لقد دمعت عيناه وسقطت دموعه على التراب الذي يعمل فيه لقد كان يقوم بغرس بعض الورود

ولم ينس تلك الجملة التي كانت تتردد في أذنيه كل الوقت،

لقد كان قد اقترب من إنهاء عمله في الحديقة وقد أصبح شكلها أوضح مما كان عليه سابقا.

المنظر يبدو جميلا لمن يستطيع فهمه، لقد أصبح المكان مليئا بالأقواس الحديدية والتي قام برصها وراء بعضها، في البداية لم يكن لديه ربما هدف إلى أين تصل تلك المجموعة التي وراء بعضها، ولكنه ربما

غير رأيه بعد وفاة السيدة، لذا تغير مسارها وهذا ما لاحظته الممرضة وأخبرت السيد دانيال عن ذلك.

بعد أن تسير تحت الأقواس وتتبعها دخولا إلى الحديقة، تصل إلى قبر السيدة في وسط الحديقة.

ولكن لم يكن مفهوما لما هذه الأقواس التي غيّرت من منظر الحديقة التي كانت تبدو جميلة بأشجار الورد والأزهار الملونة، وأصبحت الآن فيها العديد من الأقواس الحديدة التي لا يبدو شكلها جميلا جدا.

لقد كانت وكأنها قد خربت الحديقة، ولم تكن كل تلك الأقواس ضرورية فما وضعها هناك؟

أما بالنسبة للبستاني فقد كان يعمل وفق وتيرة معينة ويقوم بعمله وفق جدول زمني معين، وكأنه يتبع خطة مرسومة مسبقا.

ولكن لم يكن أخد يستطيع أن يفهم ما الذي يفعله، كما أنهم يتركونه على راحته ولا يوجد من يمنعه من فعل

ما يريد حتى وان كان تخريبا في نظر الذي يرى، ولكن السيدة قد سمحت له بفعل ما يفعل.

مرت الأيام ودانيال يراقب ذلك البستاني، وكأنه وجد ما يسليه وكأنه وجد ما يفعله.

أكثر ما كان يفكر فيه دانيال هو هل من ضرورة لتلك الأقواس أم أن عمل البستاني لا فائدة منه، ولأن البستاني كان قليل الكلام كثير الحياء لم يكن دانيال قادرا على استجوابه أو طرح سؤال عليه لأنه يعلم تماما بأنه لا يحب الكلام، وهذا ما أخبرته به مدبّرة المنزل.

طلب دانيال من الخادمة أن تقدم له إفطار الصباح في شرفة غرفته التي تطل على الحديقة، لكي يراقب البستاني ولم يخبر أحدا بذلك.

لقد كان يشعر بالفضول حول ما يقوم به البستاني، وكان يتساءل لما هو يتعب نفسه ويعمل بدون توقيت يعمل أحيانا ليلا نهارا، فكان يتساءل في نفسه بأسئلة كثيرة منها:

ترى ما الذي جول في خاطر ذلك البستاني؟

ما الذي يفكر فيه؟

لـما الأمر، أمر تلك الأقواس يبدو مهما جدا بالنسبة إليه؟

هل يعقل أن يكون كل هذا الجهد الذي يبذله بلا هدف؟

لا يمكنني أن اعتقد ذلك حتى، انه يبدو منهمكا في العمل وكأنه يصمم شيئا ما.

لو كنت أنا مكانه ما كنت لأصنع من تلك الأقواس

لا يمكنني أن أصل إلى فكرة

وربّما لن يستطيع أحد أن يفهم ما الذي فكر فيه

انه يخترع شيئا ما أو يخلق شيء ما

كان دانيال يتظاهر بأنه يقرا الجريدة بينما يسترق النظر إليه.

لقد كان الأمر محيّرا وغريبا، كما أن البستاني كان يعمل في كل وقت وفي أي وقت وليس لديه ساعة معينة للعمل وهذا ما يجعله أحيانا وخاصة في الأيام

الأخيرة، ينكب على العمل ليلا لكي يكمل كل العمل الذي وراءه، وكأنه اقترب من أن ينتهي منه.

كان دانيال يقف في غرفته والضوء مطفأ ويراقب البستاني الذي يعمل بجد كبير، وهو يكلم أحدا لا ريب في ذلك.

كان دانيال يراقب البستاني عندما يجلس في الحديقة وأيضا يراقبه من نافذة غرفته التي كانت تطل على الحديقة.

من خلال مراقبته الدائمة والتي تبدو شديدة بعض الشيء، لاحظ دانيال بعض الأمور فيما يخص البستاني.

لقد لاحظ أمرا غريبا وهذا ما جعله يدمن مراقبة البستاني المسكين، فالبستاني كان رجلا بسيطا وهو لا يمكن أن يضمن الضرر لأي كان كما انه كان يعتبر الحديقة بمثابة حديقته أو بيته.

لقد لاحظ بان البستاني يكلم أحدا ما في الحديقة بل ويستشيره فيما يقوم به من أعمال.

كان البستاني يطرح الكثير من الأسئلة ولكن دانيال لم يكن يتمكن من سماعه لأن المسافة بينما بعيدة.

ولكن الأمر كان واضحا وخاصة لمن يقوم بالمراقبة لساعات طويلة، كان البستاني يطرح الأسئلة ويأخذ بالأجوبة والنصائح التي ربما كان يسمعها لأنه في كثير من الأحيان، كان يغير موقع بعض الأشياء التي كان يضعها فيستشير أحدا ويأخذ برأيه.

ولكن ذلك الشخص الثاني الذي يتكلم معه لم يكن مرئيا ولا يمكن رؤيته إلا انه انه من المؤكد انه كان يوجد احد برفقه، يتبادل معه أطراف الحديث في اغلب الأوقات، ولكن الأمر المؤكد وعند كل الموظفين في المنزل بان البستاني لم يكن رجلا مجنونا بل كان عاقلا.

عيبه الوحيد أنه كان متأخرا قليلا في التفكير وقدراته الذهنية ولا يحب الكلام كثيرا.

ولكن الغريب في الأمر أن الشخص الآخر والذي كان يستشيره لم يكن مرئيا.

أي كأنه كان يكلم نفسه.

وبعد عدة أيام استدعى دانيال الممرضة وسألها وقال:

الم تلاحظي بان البستاني يعمل كثيرا هذه الأيام

الممرضة:

نعم.. لاحظت

فمنذ وفاة السيدة وهو يعمل أكثر من ذي قبل

دانيال:

ولِمَا؟

الممرضة:

أظن انه حزين ويشغل نفسه بالعمل

دانيال:

هل كان يحب عمتي إلى هذه الدرجة؟

الممرضة:

كل من عرف عمتك قد أحبها

وأيضا لأنها هي من اعتنت به طيلة حياتها وأيضا

تكفلت به بعد وفاة والده

دانيال:

ألا يتعب من العمل؟

الممرضة:

بل أظن انه قد يتعب حين لا يعمل

مسكين انه لا يعرف كيف يتخلص من الحزن ولا كيف

ينفس عن غضبه

دانيال:

هل تظنين ذلك؟

الممرضة:

أجل فهو لم يكن هكذا قبل وفاة السيدة

دانيال:

لقد كنت مستيقظا ليلة البارحة ولاحظت بأنه قضى كل الليل، وهو يعمل ولكنني لاحظت بأنه يبدو وكأنه كان يكلم شخصا ما ولكنه كان وحده.

هل لاحظت ذلك من قبل؟

الممرضة:

هل تقصد كلامه مع نفسه؟

دانيال:

نعم.. اقصد ذلك

الممرضة:

نعم.. لقد لاحظت ذلك

بعد وفاة العمة أصبح يكلم نفسه كثيرا، أظن انه يكلم العمة

وقد حدثت معه تلك الحالة بعد وفاة والده، ولكنه لم يفعل ذلك طويلا مثل هذه المرة.

دانيال:

أتقصدين انه يرى الأرواح

الممرضة:

ربما.. لا اعرف

أنا أتقبل الأمر كما هو

استغرب دانيال ولم يجد ما يعلق به وراح يفكر هل حقا ذلك الرجل البستاني يكلم روحا أو شبحا ربما.

في تلك الليلة لم يعمل البستاني وقد كان ينتظره دانيال
لكي يراقبه، ولكنه لم يعمل وهذا على غير عادته

في صباح اليوم الموالي علم السيد دانيال بأنهم وجدوا
البستاني ميتا

قاموا بإقامة جنازة له ودفنوه بالقرب من والده

شعر دانيال بالحزن كثيرا على الرجل البستاني رغم انه لم يكن يعرفه معرفة جيدة ولا علاقة له به

فأصبح كل يوم ينظر إلى تلك الأسوار الحديدية التي قام البستاني بإقامتها في الحديقة، وبدون أن تكون ذات فائدة تقريبا.

احضر احد العمال للسيد دانيال بعض الأغراض التي وجدوها في غرفة البستاني أثناء تنظيفها.

لقد كانت منها بعض الأمور الخاصة مثل صورة لوالديه وصورة له مع والده وأيضا صورة للعمة،

والتي لم تكن تعلم مدبّرة المنزل بأنه يحتفظ بها يبدو انه أخذها من صالون البيت.

وبينما هم يقلبون في الأغراض التي احضر عامل النظافة وجدوا أيضا صورة للشاب وهذه كان قد أخذها أيضا من الصالون حديثا.

وكانت هناك قطعة قماش خشنة ملفوفة وعليها خيط أحمر وبداخلها بعض البذور وعندما سألهم دانيال عنها جهل الجميع بذور ماذا هي.

ربما هي بذور ورد

أخذها دانيال واحتفظ بها، بقي دانيال يسمع أصواتا ويرى خيالا في الحديقة ليلا ولكنه لم يخبر أحدا بذلك.

وبعد مرور ثلاثة أشهر، وقد أصبح دانيال أفضل حالا، وأصبح يسير على رجليه بدون أية مساعدة.

وبينما هو يقلب أغراضه وجد تلك البذور التي في قطعة القماش الخشنة، فأخذها توجه إلى الحديقة، وبينما هو يقف هناك.

كان يفكر ويقول يجب أن يعاد هندسة الحديقة، وربما نتخلص من هذه الأقواس التي بلا معنى.

وفجأة رأى بان التربة التي فوقها القوس الأول تبدو صالحة للزراعة، فقال في نفسه سوف أتخلص من الأقواس وأعيد زراعة الحديقة بشكل آخر.

ثم اخذ تلك البذور التي لم يكن يعلم بذور ما هي، وقام بغرسها في تلك التربة دون أن يعي ما يفعله، وكأنه يتصرف بشكل لا إرادي.

عندما عاد دانيال إلى الداخل سألته الممرضة وقالت له:

هل تشعر بأنك بخير؟

قال:

رجلي تؤلمني قليلا بين حين وآخر

الممرضة:

لا تمشي عليها كثيرا

دانيال:

أنا لا امشي كثيرا

الممرضة:

ربما أطلت الوقوف عليها، أين كنت؟

دانيال:

كنت في الحديقة

الممرضة:

لقد تأخرت كثيرا، ما الذي كنت تفعله؟ بنطالك متسخ بالتراب وأيضا يداك؟

دانيال:

لم أكن افعل شيئا

ربما كنت جالسا فقط استمتع بالمنظر

ولكنني لا أتذكر حقا ما الذي كنت افعله؟

ولا اعلم من أين جاء كل هذا التراب

الممرضة:

لا تنزعج، اذهب واغتسل وغيّر ملابسك ريثما يجهز
العشاء، وأقدمه لك على الشرفة مثلما تحب..

دانيـال:

حسنا..

هم بالذهاب ثم التفت وقال لها:

ولكن رجاء ليس على الشرفة بل في غرفة الطعام
ورجاء لما لا تنظمين للطعام معي لقد مللت الوحدة

الممرضة:

حسنا..

لو كان لمرة واحدة فهذا لا يبدو لائقا

دانيال:

حسنا.

عندما كانوا يتناولان طعام العشاء، لاحظت الممرضة أو مدبرة المنزل بأن السيد دانيال كان شاردا طوال الوقت

وعندما سألته عن قراره بتغيير شكل الحديقة، وما إذا كان فعلا على العمال القدوم صباحا من أجل أن يقوموا باقتلاع الأقواس من أماكنها.

فقال لها:

ماذا قلت؟

ما الذي تقولينه؟

أية أقواس هي التي ستقلع؟

الممرضة:

الأقواس الحديدية الم تقل بأنك تريد التخلص منها

دانيال:

لا ..

الممرضة:

ولم لا؟

ألست أنت من يريد التخلص منها؟

دانيال:

لا نستطيع فعل ذلك .. لا .. لا ..

وإلا كيف ستنمو الورود؟

الممرضة:

أية ورود؟

دانيال:

سوف ترين غدا

وغادر دانيال الطاولة وهو لم يتناول الكثير من الطعام، استغربت مدبرة المنزل من تصرفات دانيال هذا المساء، وقد كان غريب الأطوار لاسيما النسيان والشرود.

خلد الجميع للنوم، ولكن دانيال لم يستيقظ ذلك الصباح فتم استدعاء الطبيب الذي شخص خالته بأنه خالج للنوم فقط فطلب نقله إلى المستشفى، لكن مدبرة المنزل لم توافق

يعود سبب عدم موافقة مدبرة المنزل إلى أنها وجدت صباحا على الطاولة بجانب السرير ورقة، كان قد كتبها على ما يبدوا الشاب في الليلة الماضية ووجهها إليها وكتب عليها الكلمات التالية:

عزيزتي الممرضة

أنا نائم لا أريد أي إزعاج

لا تقلقي

سوف استيقظ لوحدي

رجاء..

ملاحظة:

لا أريد أن يتم نقلي إلى المستشفى

توقيع الشاب

كانت الورقة تبدو وكأنها رسالة ولكن كيف عرف بأنه لن يستيقظ وماذا يعني بأنه نائم.

ولما لا يريد عدم نقله إلى المستشفى.

أسئلة كثيرة راودتها ولكنها أرادت أن تحقق له رغبته، وان تنفذ أوامره حتى بدون أن تفهم، لأنها متعودة على معاملة السيدة السابقة بنفس الطريقة

وأيضا كان هناك سبب آخر لقد ذكرها السيد دانيال بعمته التي لم تكن تحب زيارة المستشفيات.

ولأن مدبرة المنزل قد أصرت على عدم نقله إلى المستشفى، وتحملت كامل المسؤولية قرر الطبيب الذي كان يعرفها جيدا ويعرف السيدة التي كانت سيدتها ولأنه طبيب العائلة، قرر أن يحقق لها ما طلبته ولكنه أمهلها مهلة معينة من الزمن، وقال لها إن لم يستيقظ سوف ابلغ الجهات المعنية واخلص نفسي.

وصف لها بعض الأدوية وأيضا مصلا، ولأنها ممرضة كانت تستطيع الاعتناء به.

لم تكن الممرضة متخوّفة جدا لأنها كانت تظن بأن ما يحدث كله يبدو غريبا فكيف علم دانيال بأنه لن يصحو؟ لذا ربما علم أيضا بأنه سوف يستفيق قريبا ربما لا داعي للخوف.

فكانت تفكر وتقول:

لننتظر.. ونرى..

وبعد مرور خمسة أيام صحا الجميع على منظر هائل وجميل لقد أصبح في الحديقة ورود جديدة تمتد على الأقواس الحديدية.

أشجار ورد متسلقة لم يرو لها من قبل مثيل

أشجار بكاملها وأوراقها وأزهارها الملونة

كانت كل شجرة على قوس لها لون معين

احمر، وردي، ابيض، اصفر..

والمنظر جميل على مد النظر.

لقد أصبح المكان كأنه رواق من الورد الجميل المتفتح وبينما الجميع مبهورون بالمنظر، وهو لازال في لباس النوم، حتى جاءت إحدى الخادمات وأخبرت الممرضة بأنها لم تجد السيد في فراشه.

هرعت الممرضة إلى الداخل وبالفعل لم تجد دانيال في فراشه، فذعرت وبينما هي ومن معها يبحثون عنه في المنزل، وكل الغرف حتى جاءها احد العمال واخبرها بأنه قد وجد السيد.

سألته:

حقا.. وأين هو؟

العامل:

سيدتي أنه في الحديقة

الممرضة:

ولكن.. ما الذي يفعله هنا؟

هيا بنا لنعيده إلى فراشه انه ضعيف لقد رمت أيام وهو
بلا طعام.

وعندما وصلوا إلى الحديقة وجدوه بروب النوم
والمنامة، يقف أمام قبر عمته وقد تبع رواق الورد
حتى وصل إلى هناك.

كانت الممرضة تكلمه ولكنه لا يجيب

طلبت من احد العمال مساعدتها لكي تعيده إلى غرفته
فأعادوه وهو انه نصف نائم ولا ينطق بكلمة

وبعد أن وضعاه في فراشه تم استدعاء الطبيب الذي
سر بكونه قد استيقظ، ووصف له بعض المقوّيات
وبعض الطعام أيضا وطلب منهم أن يرتاح.

لكن دانيال وبمجرد خروج الطبيب حيث كان طوال الوقت هادئا، ولا ينطق بكلمة عاد إلى النوم.

نام ليلة كاملة، ولم يصحو حتى الصباح.

في صباح اليوم الموالي استيقظ دانيال وهو بكل قوته، وكامل صحته ولم يتسكع تذكر ما حدث معه في اليوم السابق.

حيث لم يتذكر انه رأى الحديقة سابقا، وقد أعجب بها كثيرا، واستغرب نموها خلال الأيام التي قالوا له بأنه كان نائما خلالها.

ولم يتذكر بأنه ذهب لزيارة قبر عمته ولا تلك الأمور الني حدثت معه.

كان الأمر غريبا بعض الشيء ولكن أهم أمر كان هو أن دانيال قد قام من تلك الحالة بصحة جيّدة، وعادت المياه إلى مجاريها.

بعد أن ارتاح واستعاد قوته بفضل الأدوية والمقويات والطعام الجيد قام على رجليه.

وكان أول طلب له هو أن يخرج إلى الحديقة

تفاجأ دانيال بما رآه في الحديقة وذهل لذلك الجمال وما رآه بأم عينه فلو سمع لما صدق ولأنه يرى فانه لا يكاد أن يصدق.

كان يقف مذهولا أمام الحديقة، وتقف إلى جانبه الممرضة التي تعودت على وجود ذلك الجمال في الحديقة، فقد رأت الحديقة واستوعبت أنها هناك بهذا الشكل

تساءل دانيال عن الحديقة وقال وهو يكلم نفسه ويكلم الممرضة أيضا:

يا إلهي.. ما هذا الجمال؟

لا أكاد أصدق عيوني..

ولكن كيف نمت كل هذه الأشجار خلال مرضي أو
نومي الغريب فقط؟

الممرضة:

نحن أيضا استغربنا في البداية لأنها لم نر البراعم تنمو
بل تفاجئنا بالحديقة مثلما أنت تراها في صباح يوم
وفجأة.

الشاب:

ولكن كيف تسلقت الأشجار على تلك الأقواس وكأنها
وضعت هناك من أجلها

يبدو الأمر وكأنه معد لأجل ذلك

الممرضة:

أجل.. يبدو كذلك

الشاب:

هل تظنين بأن البستاني قد فكر في الأمر بهذه الطريقة، وأعد هذه الأقواس لأجل هذا الأمر.

الممرضة:

أنا أيضا فكرت في الأمر بهذه الطريقة.

الشاب:

وأيضا متى زرع هذه البذور؟

الممرضة:

لا أعلم.

الشاب:

هل تراه قام بغرسها قبل فترة طويلة؟

هل قام بغرسها قبل وفاته وتأخرت في البروز إلى السطح؟

الممرضة:

لا أظن ذلك

الشاب:

لماذا؟

الممرضة:

لأن العامل قال لي بان البستاني لم يكن يعلم ما الذي سيغرسه، بل كان يقول بان كل شيء هو جيد في وقته

الشاب:

ولكن.. هذا يبدو من صنع الخيال.

أنا مُعجبٌ بهذا الرواق

سوف نطلق عليه اسم رواق الورد

الممرضة:

رواق الورد

أوافقك الرأي تماما

الشاب:

سامحيني.. أريد أن ازور عمتي

الممرضة:

حسنا..

الشاب:

لوحدي..، رجاء..

الممرضة:

حسنا.. سوف أعود إلى أعمالي في البيت.

إن احتجت إلى شيء نادي على العامل إنه يسقي الحديقة وهو يخبرني بما تريده.

حَنِيَ دانيال رأسه، ثم توجه إلى الداخل ومر تحت رواق الورد وهو يضع لِحافًا على كتفيه.

لقد شعر وكأنه يدخل إلى عالم من الأحلام، والشمس تظهر وتختفي بين الأقواس.

وبدا له وكأن هناك من يرمي عليه بعض بتلّات الورد،

لقد غمره شعور بالسعادة.

مضى وقت طويل ودانيال جالس في الحديقة حتى قلقلت الممرضة، واستدعت عاملا وأخبرته بأن يذهب إلى السيد، وان يخبره بان طعام الغداء جاهز.

رجع إليها العامل واخبرها بأن السيد دانيال لا يريد أن يتناول الطعام، وأنه جالس بالقرب من قبر عمته ويبدو سعيدا.

ثم أخبرها بأنه يريد أن يقول لها سرّا شرط أن لا توقع في المشاكل.

فقالت له:

تفضل.. واخبرني بما لديك

العامل:

صباح هذا اليوم، وبينما أنا أقوم بسقي الأشجار لاحظت أمرا غريبا.

الممرضة:

وما هو؟

العامل:

أرجوك.. لا تخبري أي احد

الممرضة:

لقد قلت لك أخبرني واطمئن

العامل:

أنا خائف أن يتم طردي

الممرضة:

أخبرني ولن يتم طردك

العامل:

لقد رأيت السيد يُكلم نفسه

الممرضة:

ويحك.. ما الذي تقوله؟

العامل:

أقسم يا سيدتي بأن ما أقوله لك هو صحيح.

الممرضة:

لا.. استطيع أن أصدق

العامل:

لقد ذكّرني بالبستاني..

لقد كان يّكلم نفسه أو يكلم أحدا لا استطيع أنا رؤيته.

الممرضة:

هل أنت متأكد؟

العامل:

متأكد جدا..

ولكنه كان يجلس بالقرب من قبر عمته، ربما كان يوجه لها الكلام، ولكن الأمر كان غريبا لذا أردت أن أخبرك بالأمر.

الممرضة:

حسنا انصرف أنت الآن.

بقيت الممرضة تفكر قليلا، وهي في حيرة من أمرها، لأنها لاحظت لأكثر من مرة بأن السيد يبدو شارد الذهن.

وبعد ذلك قررت أن تراقبه لتتأكد من الأمر، وهكذا أصبحت تراقبه من بعيد دون أن تسبب له أي إزعاج.

لقد لاحظت بالفعل بأنه يكلم نفسه، ولكن ليس في أي مكان بل فقط في الحديقة

حيث كان يقف مرة أمام الأقواس، ويكلم نفسه وفي اليوم الموالي تبعته إلى قبر عمته، ولاحظت بأنه أيضا

يقف هناك ويتكلم ولكنه لم يكن يوجه الكلام إلى القبر بل كان يلتفت إلى جانبه ويتكلم، وكان أحد يرافقه وهو يكلمه.

بعد أن تأكدت من ذلك قررت أن تواجهه لتسأله وتستفسر منه.

وبينما هي تقدم له الشاي، وهو لا يزال يضع لَحِافًا على كتفيه لأنّه لا يشعر بأنه بخير تماما كما أنه لازال يلازم الفراش أغلب الوقت.

قالت الممرضة:

سيّدي أريد أن استفسر عن أمر فهل تسمح لي بالسؤال؟

دانيال:

تفضلي.. ، لما تترددين كل مرة؟

تريد أن تسألي عن شيء ما، هل أنا أخيف؟ أم أن الأمر خطير؟

ضحكت الممرضة.. وقالت:

لا هذا.. ، ولا ذاك.. ، ولكن الأمر غريب بعض الشيء.

دعني أسألك سؤالا عن حالتك أوّلا ثم يأتي دور السؤال الآخر.

ككيف تشعر اليوم؟

دانيال:

أنا بخير..

الممرضة:

هل لازلت غير قادر على تذكر ما حدث ذلك اليوم؟

عندما وجدناك بالقرب من قبر عمتك.

دانيال:

أجل.. أنا لا اذكر شيئا

الممرضة:

ولا تتذكر أنك تركت لي رسالة، قبل أن تنام لمدة خمسة أيام كاملة.

دانيال:

رسالة أنا تركت لك رسالة

الممرضة:

أجل.. ألا تذكرها

دانيال:

لا أذكر

الممرضة:

ألا تذكر أي شيء.

دانيال:

بلى.. أذكر شيئا

الممرضة:

وما هو؟

دانيال:

أتذكر شيئا ولكن ليس بوضوح

أتذكر وكأنني رأيت عمتي في حلم وأنا نائم في تلك الفترة حين كنت نائما.

في الخمسة الأيام

لقد جاءتني عمتي في الحلم

لقد كانت طيبة معي، وقالت لي بأنها تسامحني ولكنها لا تسامح والدي

مازالت تشعر بألم، وهي لا تسامح والدي

ولكنها بالرغم من ذلك تظن بأنه لا ذنب لي، وهي تحبني رغم أنها لم تقابلني يوما.

ولكنها رأت لي صورة عندما طفلا صغيرا، وقد
أعطتها لها صديقة كانت لا تزال على علاقة بوالدي
بعد سفره.

الممرضة:

هل تعلم بأن هذا صحيح.

دانيال:

ماذا تقصدين؟

الممرضة:

لدى عمتك صورة لك عندما كنت طفلا صغيرا، وهي
في غرفتها في الخزانة.

دانيال:

حقا..

الممرضة:

أجل..، لقد كنت موجودة عندما أعطتها لها إحدى صديقاتها، لقد أخذت منها الصورة ولكنها طلبت منها أن لا تعيد الكرة.

لقد كانت خائفة من أن تجرها العواطف فتسامح والدك رغم أنه..

وسامحني.. لقول هذا

لقد كانت تقول بأنّه دمّر لها حياتها، وحرمها السعادة

دانيال:

أنا أسف.. لما حدث معها

الممرضة:

وأنا أيضا كنت أشعر بالأسى لحالها.

دانيال:

يبدو أنّها قد عانت كثيرا.

الممرضة:

أجل.. لقد عانت كثيرا

لقد عانت في البداية، ولكنها تجاوزت الأمر فيما بعد

دانيال:

يسرني سماع ذلك

الممرضة:

فلنأتي إلى السؤال التالي

دانيال:

تفضلي..

الممرضة:

هل كنت تكلم نفسك؟

دانيال:

ماذا؟

كيف .. ؟

ماذا تقصدين؟

الممرضة:

لقد رأيتك وكأنك تكلم أحدا رغم أنني لم أر أحدا يقف بجانبك

الشاب:

وأين رأيتني افعل ذلك؟

الممرضة:

أمام رواق الورد مرة وأيضا أمام قبر عمتك مرة

دانيال:

ربما كنت في لحظة ما أكلّم عمتي وأوجه لها الكلام

أما بالنسبة لرواق الورد فأنا لا أذكر ذلك

الممرضة:

أنت لا تذكر هذا أيضا

الشاب:

أجل لا أذكر

الممرضة:

لقد بدأ الأمر يقلقني

دانيال:

لا تقلقي..

الممرضة:

سيدي.. هل نستشير طبيبا من أجل مسألة النسيان هذه؟

دانيال:

لا .. لا داعي لذلك

الممرضة:

هل ترى بأنه لا داع لذلك؟

أخاف أن يتفاقم الأمر

دانيال:

أظن أنّه مجرّد إرهاق وسوف أتحسّن مع الوقت

لم يكن دانيال يستطيع أن يجلس داخل البيت، ويشعر بالاختناق أحيانا، ولكنه يتحسن كلما خرج إلى الحديقة، لقد اكتشفي الطبيب بأنّه يعاني من نوع ما من الربو.

لقد كان هذا المرض وراثيا في عائلة والدته، ولكنه لم يمرض سابقا أبدا وكان بصحة جيدة.

كان من المفروض أن يتضايق من الورد، ولكنه بالعكس تتحسن حالته كلما جلس في الحديقة، لقد كان

يشعر بالراحة والسلام أمام رواق الورد، ويغيب في حالة من الجمال والخيال عندما يعبر داخله.

وفي يوم قرر دانيال الذي لم يكن يجيد النحت، أن ينحت شيئا ما.

استغرب الجميع لما سيفعله، ولكنه قرر وأصر على فعل ذلك.

أحضر كل الأدوات وطلب من شخص يجيد هذا الفن أن يساعده.

وعندما سأله عن الفكرة أخبره بأنّه يريد أن ينحت فتاة جميلة تبدو وكأنها رومانية، وهي تقف بشكل يوحي بالأنوثة والجمال، وعلى رأسها تاج من الورد أنها ورود تشبه الورد المتسلق على أقواس رواق الورد.

وكان يريد أن يكون طول كل تمثال وهما تمثالين، طول كل واحد منهما متر.

وكان يقول للممرضة بأنه سوف يضع التمثالين بالقرب من أول مدخل رواق الورد، وكل فتاة ترفع أحد ذراعيها وكان الورد في بوابة رواق الورد يخرج من يديها.

لقد كان التمثالان لفتاتين جميلتين وهما في مرحة الشباب، وكل فتاة تشبه الأخرى وكأنها فتاة واحدة تنظر إلى نفسها في الجهة المقابلة، وترفع يديها للبوابة والورد يخرج من يديها.

لقد كان أمرا غريبا يصر عليه الفتى، وهذا الأمر ذكر الممرضة بالبستاني الذي كان يفعل أمرا غريبا، ولكنه مصر عليه ويعلم بأنه أمر جيد.

لقد كانت حالة دانيال تسوء يوما عن يوم، ولكنه بقي يناضل لعدة أشهر حتى أكمل التمثالين ووضعهما على البوابة، لقد كان شكلهما جميلٌ جدًا.

وفي الأخير قال دانيال للممرضة:

هل تعلمين من هاتين الفتاتين؟

الممرضة:

لا ..

دانيال:

إنهما ابنتا عمتي

الممرضة:

ولكن السيدة لم تتزوج وليس لديها بنات

دانيال:

بلى..

لقد كان حلمها في الدنيا

كانت عمتي تحلم بان تتزوج بحبيبها، وان تنجب منه توأم بنات، وقد كان ذلك الحلم يراودها في الحقيقة وأثناء نوما أيضا، ولكن والدي حرمها من ذلك.

ولكنه لم يستطع أن يحرمها من حبيبها في الحياة الأخرى،

لقد التقت عمتي بحبيبها في الحياة الأخرى وتزوجا بمباركة الرب.

وأنجبا التوأم الذي كانت تحلم به

وهاتان هما ابنتاها

إنهما ورد و روز

الممرضة:

ومن أخبرك؟

دانيال:

لقد رايتهم جميعا

عمتي وزوجها وبناتها

الممرضة:

ولكن حبيبها لازال على قيد الحياة

دانيال:

أنت تتكلمين عن هذا العالم

وأنا أتكلم عن عالم آخر

حيث يختلف الزمن.

بعد ذلك لم تجد الممرضة بما تعلق به عن الموضوع،

وبينما هي لازالت تستغرب حتى سمعت صوت

سقوط، وعندما التفتت وجدت أن دانيال قد سقط على

الأرض يبدو وكأنه مات أو أغمي عليه.

نادت الممرضة على العمال، ونقلوا دانيال إلى المستشفى حيث دخل في غيبوبة، وبقي فيها

لمدة ثلاثة أشهر، وعندما استفاق منها بعد أن اعتقد الجميع بأنه سوف يموت طلب رؤية إحدى الممرضات، والتي لم تكن تعمل في ذلك القسم بل كانت تعمل في قسم الأطفال ولكنّه أصر على رؤيتها.

لقد كانت فتاة جميلة وعندما رآها لأول مرة قال لها أنا اعرف كل قصتك، وأنا قد أحببتك خلال الأشهر الثلاثة الماضية فان كنت تحبينني فعلا كما قلت ليلة البارحة

هل تتزوجينني؟

استغربت الفتاة التي كانت بالفعل تجلس إلى جانبه بالساعات تكلمه وتقص عليه قصتها، وكيف أنها تعتني بوالدها المقعد ولا تستطيع أن تتسكع بالحياة مثلها مثل كل الفتيات في سنّها، ولكنها تحب والدها الذي سقاها الحنان بعد هروب زوجته التي تركت له طفلة وليده وهربت.

لقد وهبها والدها الحياة والسعادة.

وهبها الحياة مرتان

مرة عندما أنجبها

ومرة عندما سخّر حياته لها فوهبها كل حياته.

وافقت الفتاة على الزواج بدانيال، الذي طلب منها أن يتم نقل والدها لكي يعيش معهم في بيت واحد.

عندما دخلت الفتاة مع والدها إلى البيت، تفاجأت الممرضة بان ذلك الرجل هو نفسه حبيب السيدة

فقدم لها ابنته وقال:

هذه ابنتي ويزي

اقصد وردروز

الممرضة:

ورد روز؟

الرجل:

أجل.. إنها ابنتي الوحيدة

ونظرت إلى دانيال وقالت:

أظنّ أنني سمعت هذا الاسم سابقا.

الرجل:

أجل.. آه .. أعلم أنت تقصدين سيدتك

لقد كُنّا قد اتفقنا على أننا إن أنجبنا توأما، بنات سوف
نطلق عليهما اسم ورد وروز

ولكن دانيال لم يفهم شيئا.

لقد نسي دانيال كلّما ما جرى معه قبل الغيبوبة، فأخذتهم الممرضة جميعا إلى الحديقة وقالت لهم:

أقدم لكم ورد وروز أمام رواق الورد.

هذان التمثالان هما ورد ورو، اللذان نحتهما سيدي ولكن أظن انه لا يتذكر.

ضحك دانيال وهو يمسك بخصر حبيبته ويضمها إليه وهز برأسه كأنه لا يتذكر فعلا.

ثم التفتت إلى الرجل على الكرسي وقالت:

سيدي هذا رواق الورد الذي سيوصلك يا سيّدي إلى قبر السيدة.

فدعني أساعدك.

أظن.. أنها ستسعد كثرا برؤيتك

ودفعت كرسيه ودخلت به إلى رواق الورد

لقد شعر بسعادة تغمره وكان ينظر إلى الشمس، وهي تطل بين الأقواس ويرى المكان الخلّاب.. وكانت بتلات الورد تتساقط من الأشجار على الأقواس.

لقد كان الأمر مثل الحلم، وكأنه في يوم زفاف كان قد حلم به مع السيدة.

وعندما وصلا إلى القبر رأى ما لم تستطع أن تراه الممرضة

لقد وجد السيدة تنتظره في ثوب الزفاف وهي في مقتبل العمر فقام من كرسيه وترك جثة الرجل الهرم، وقام شاب يرتدي بلدة رمادية وتقدم إلى عروسه ومشى برفقتها إلى ضباب.. حيث لم يعد يظهر شيء.

بعد النهاية

في الحقيقة لم يمت السيد في تلك اللحظة بل تزوجت ابنته ودانيال وعاشوا جميعا سعداء في بيت السيدة التي استعادت حبيبها وأخيرا.

بل وأصبحت لديها عائلة تعيش معها في بيتها.

كما أن حبيبها كان بقربها، ويعيش في بيتها كما كان يعيش دوما في قلبها.

لقد كان ذلك السيد يذهب كل يوم إلى حبيبته، لكي يجلس في الحديقة، لكي يجلس برفقتها، لكي يجلس

معها، لكي يجلس بالقرب من قبرها ويكلمها لساعات وساعات والممرضة كانت تشعر بالسعادة كثيرا، لأنها كانت تعلم مدى حب سيدتها لحبيبها الذي وأخيرا أصبح لها.

أصبح هنا معها واقرب الناس إليها.

والذي كان صادقا في حبها وهاهو اليوم يرافقها بكل وفاء، لقد كان سعيدا بان أصبح بالقرب منها ولو أن الموت قد فرق بينهما ولكنه يشعر بأنه قريبة منه.

لقد كان يقُصّ عليها الحكايات، ويحكي لها كلما حدث معه في حياته.

كلمها عن زواجه وابنته التي رزق بها وأطلق عليها الاسم الذي كان من اختيارهما.

وأخبرها عن مدى شوقه لها، الآن وكيف كان يشتاق لها في أيام الفراق.

أخبرها أنه لم يعد إلى بلاده أبدا بل قرر أن يعيش في بلادها على الأرض التي تسير هي عليها وتحت السماء التي هي تراها بعينيها.

أخبرها بأنّه كان يشُمّ رائحتها في الهواء.

كما اخبرها بأنّه كان يعلم بأنها لم تحب بعده ولم تتزوج أبدا.

أخبرها بأنه كان يتابع أخبارها من بعيد، وقد علم بأنها وعدت والدها بان لا تبحث عنه أو تلتقي به، وكان هذا هو السبب الذي جعله يحترم وعدها ولا يتصل بها بعد وفاة والدها.

وعاشوا جميعا سعداء، وأنجبت ابنته طفلة جميلة أطلقوا عليها اسم العمة.

Sommaire